कफ़स का पंछी

AF765043

संगीता गोयल

सन्मति पब्लिशर्स एण्ड डिस्ट्रीब्यूटर्स

ISBN: 978-93-88365-79-6

प्रकाशक

सन्मति पब्लिशर्स एण्ड डिस्ट्रीब्यूटर्स

बी–347, संजय विहार,

मेरठ रोड, हापुड़–245101 (उ0प्र0)

website : www.sanmatiindia.com

email: sanmati555@gmail.com

मो. 8439645104, 09997184964

प्रथम संस्करण : जनवरी 2020

आवरण

RETROTEK

मेरा साहस और स्वाभिमान,
जिनके आँगन में मेरा बचपन बीता,
ऐसे मेरे जीवन के प्रेरणास्त्रोत,
मेरे माता-पिता को सादर वंदन समर्पित
यह शब्दों की माला...

माँ शारदे करो कृपा, धरो कलम में धार
नेह वंदना कर रही, तुम लेखन आधार।।

आत्मकथ्य

कहीं कोई बात रही होगी,
जो ये कलम भी चली होगी।
बूँद-बूँद बिखरी होगी तब
अभिव्यक्ति में ढली होगी॥

बचपन से ही मन की कल्पनाओं में, सपनो में दुनिया जहान के ख्याल उमड़ते घुमड़ते रहते थे, समाज और देश, रिश्तों के बारे में अजीब-अजीब से कभी उन्मादित करते, कभी उद्वेलित करते, कभी रोमांचित करते, कभी रूमानियत के रंग भरते और कभी अवसाद के पल भी जब अखबार में पढ़ती अनाचार, व्यभिचार, रिश्तों में विश्वासघात, सांप्रदायिक फसाद की खबरों को। ये सभी देख और पढ़ कर मन विचलित होता और धीरे-धीरे याद ही नहीं कि कब मेरे हाथों में कलम आ गयी और बस कचोटती रही व्यथाएं मन के तार तार हिल गए कलम हाथ आई तो जिव्हा को लफ्ज मिल गए।

मेरे आस पास जो घटता था उसे लेकर मेरे मन में उमड़ते मनोभाव कागज पे उकरने लगे। शनेः-शनेः उम्र के बढ़ने के साथ-साथ दुनियादारी समझ आने लगी लेकिन फिर भी संकोचवश अपनी बातों को मुखर तरीके से न कह पाती, किसी की गलत बात को सुन कर भी चुप रह जाती और मन ही मन सोचा करती कि ये सब क्यों होता है? दुनिया ऐसी क्यों है, कोई कुछ कहता नहीं, बस मेरी कलम ही मेरा संबल थी और मेरी डायरी के पन्ने मेरे दोस्त। मुझे लिखने की आदत थी, धीरे-धीरे

मैं अपनी रचनाएँ पोस्ट करने लगी जिस से मुझे सराहना मिली, बस इसी तरह मैंने लेखन को तनिक गंभीरता से लेना शुरू किया। कभी भी कुछ कहा नहीं, पर पीर अंतस सह गया भावनाओं की आँधी में कतरा-कतरा बह गया। बस इसी तरह काव्य यात्रा शुरू होती गई।

आस पास की काव्य बैठको में भी जाने का अवसर मिला और वहाँ भी मेरी रचनाओं को सराहना मिली तो भीतर से और भी लिखने की प्रेरणा मिलती गयी। कविता मन के भावो की अभिव्यक्ति है और सरल शब्दों में कही बात सबके दिल तक पहुँच जाए, वही कविता है। बस यही कामना मैं करती हूँ मेरे मन की उड़ान, मेरे सीधे सच्चे, सरल शब्द, संवेदना के तार, मानवीय मूल्य, ठहराव, आत्मा से जुड़ाव, शब्दों का संप्रेषण अगर आपके दिल तक भी पहुँचेगा तो निश्चित ही मेरा लेखन सफल होगा। मेरी काव्य यात्रा में बहुत ढेरों अनुभव है खट्टे-मीठे, जिन्हें मैंने शब्दों में व्यक्त करने की कोशिश की है। मेरी पहली कोशिश और आप सभी का आशीर्वाद।

फलस्वरूप मेरा प्रथम काव्य संग्रह 'कफस का पंछी' आपके सम्मुख है। मैं अपने माता-पिता, अपने से बड़े और छोटो का, साहित्यिक मित्रों एवं गुरु समान अग्रजो एवं शुभचिंतकों, रिश्तों से बँधी डोरो का और जो किसी कारणवश साथ न भी दे पाए, उन सभी का आभार व्यक्त करती हूँ जिन्होंने सदैव मुझे लिखने के लिए प्रोत्साहित किया।

आप सभी की प्रतिक्रियाओं की प्रतीक्षा में ...

संगीता गोयल

नॉएडा

भूमिका

मित्रो सृष्टि में धरती, आकाश, हवा, पानी, बारिश, आँधी, तूफ़ान सुख, दुख, मुस्कुराहट, खिलखिलाहट, आह, आँसू, रोना, गाना, हँसना, फूल, सुगंध, पर्वत, झरने, झील, नदिया, कलकल, कलरव, आग, तपन, बर्फ़, शीतलता, चाँद, तारे, चाँदनी, सूरज, धूप, उजाला, अँधेरा, हृदय, साँसे, धड़कन, पीड़ा, आनन्द, रिश्ते, नाते, मिलन, विरह और न जाने कितने दृश्य-अदृश्य भाव रंग सबके लिये समान हैं लेकिन सबके विषय में सबका अपना-अपना नज़रिया होता है और यहीं से सृजन का आरम्भ होने लगता है।

मेरी आस्था है कि सृजन का कार्य ईश्वर अपने प्रिय बन्दों से लेता है उन्हीं में से एक नाम स्थापित कवियत्री सुश्री संगीता गोयल जी का है। फेसबुक की आभासीय दुनिया में संगीता जी पढ़ने का सौभाग्य प्राप्त हुआ। उनकी कहानियाँ हृदय को आनन्दित करती हैं, लेख रास्तों में उजाले बिछाते हैं, आपकी लेखनी ग़ज़ल और मुक्तको को भी स्पर्श करती है, स्वच्छंद कविताएं अपनी ख़ुद मिसाल हैं।

आपकी शीर्षक कविताओं के कुछ अंश-

नहीं भूलो रे
ये मिट्टी का तन है प्यारे,
ये तन भी है बेगाना सा।

***

ताले-
जब से परछाईंयो ने बोलना सीख लिया,
न जाने कितने ही राज़ खुल गए।
***

माँ-
अपने आँचल की छाँव दे दे,
गले लगाकर बाहों की ओट दे दे।
***

अच्छाई-
कोई सच या कल्पना,
या झूठ का लबादा।
***

मौन-
कुछ अश्रु बूँदें बहाकर,
फिर अपने रास्ते चल पड़ती हूँ।
***

मिट्टी-
राह अपनी ढूँढने को
मिट्टी चल दी राह पर।

दीपावली-
यही दीवाली है
दीये बिकेंगे तो
रोटी पकेगी।
***

कब जागेंगे-
फन फैलाये खड़े हुए हैं,
नाग हज़ारों डस लेंगे।
***

कुछ शेर-
उनकी यादों के सिलसिले ज़ारी,
भर के दामन हमें रुलाते हैं।
***
किया दुश्मनों ने यहाँ ज़ुल्म इतना,
हरेक आँख अश्कों से सबकी भरी है।

ऐसी ही सम्वेदनाओं के सागर से सुश्री संगीता ने जो गागर भरी है वो किताब है "कफ़स का पंछी"।

मेरी शुभकामनाएं हैं यह किताब साहित्य जगत में नये आयाम स्थापित करे। अनेकानेक बधाईयाँ....

- **काशीराम कौशल**

"कौशल फ़रहत"

कफ़स का पंछी

आत्मा के सौन्दर्य का, शब्द रूप है काव्य
मानव होना भाग्य है, कवि होना सौभाग्य।

गीत ऋषि यशशेष गोपाल दास 'नीरज' जी उपरोक्त पंक्तियाँ जहाँ एक ओर कविगणों को एक आम इंसान से अलग कर एक विशिष्ट पहचान देती हैं वहीं दूसरी और कवि समुदाय को उनके देश एवं समाज के प्रति कर्त्तव्य बोध का आभास कराती हैं। वास्तव में कवि का दायित्व अपनी रचनाओं से श्रोताओं एवं पाठकों की वाहवाही लूटना ही नहीं है बल्कि उनकी रचनाओं से समाज में व्याप्त कुरीतियों के खिलाफ एक सन्देश भी होना चाहिए और इसलिए कविता और साहित्य को समाज का दर्पण कहा जाता है।

कविमन संवेदनशील होता है और वह अपने आस पास के सकारात्मक वातावरण को देख कर खुश और नकारात्मक परिस्थितियों से विचलित होता है और यही सब उसकी कविताओं का आधार भी बनता है। कवि जब अपने मनोभावों को शब्दों का आकार दे कर अभिव्यक्त करता है तब कविता प्रस्फुटित होती है।

कवयित्री संगीता गोयल को यूँ तो मैं करीब 5 वर्षों से जानता हूँ, काव्य गोष्ठियों में उनसे मुलाकात भी हुयी हैं लेकिन कविता या साहित्य पर कभी उनसे गंभीर चर्चा नहीं हुयी और जब आज उनकी कवितायें मेरे सम्मुख हैं तो मुझे निश्चित ही उनकी कविताओं के माध्यम से उन्हें जानने का सुअवसर मिला हैं।

एक संकोची स्वभाव की पारिवारिक महिला संगीता गोयल की कविताओं से विभिन्न विषयों पर उनका मुखर अंदाज़ देखने को मिला है। बारिश की बूँदें और धरा के मिलन को प्रतीक के तौर प्रयोग कर कवयित्री ने प्रेम में विरह से व्याकुल प्रेमिका का प्रेमी से मिलन का बेहद खूबसूरत अंदाज़ में वर्णित किया है। देखिये :

'सूखी ज़मीं पर बरसी
जो बारिश की बूँदें
भीग गया धरा का
तन और मन
एहसास उस पल का
जाने सिर्फ ज़मीं का मन'

कवयित्री आरक्षण जैसे संवेदनशील विषय पर भी अपनी कलम चलाती हुई कहती है :

'आरक्षण की बात ही ले ले
सबको सीटें मिलती हैं
पर मेरे बच्चों को पढ़ लिख कर भी
मन मुताबिक विधा न मिलती है'

इसी प्रकार संगीता गोयल अपनी तमाम रचनाओं में सरल, सहज शब्दों में माँ, नारी, बेटी, रिसते रिश्ते, सामाजिक अन्याय, लुप्त होती संवेदनाओं आदि सामायिक विषयों पर अपनी अनुभियों को अभिव्यक्त करती नज़र आती हैं।

संगीता गोयल का ये प्रथम काव्य संग्रह है और हम सभी को इसी परिप्रेक्ष्य में उनकी कविताओं को पढ़ना चाहिए । संगीता गोयल की कविताएँ एक कवयित्री के मासूम, निश्छल मन की झलक देती हैं और उनकी कविताओं में कहीं-कहीं अल्हड़पन भी मुझे परिलक्षित होता है। विपरीत परिस्थितिओं से गुज़र कर संगीता गोयल ने 'कफ़स का पंछी' लिखने का सार्थक प्रयास किया है जो उनकी दृढ़ इच्छाशक्ति का प्रतीक है।

मुझे संगीता गोयल के प्रथम काव्य संग्रह की भूमिका लिखने का सुअवसर मिला इसके लिए मैं उनका तहे दिल से आभारी हूँ। संगीता जी निरंतर काव्य सृजन करती रहें, मेरी ये मनोकामना है।

- पवन जैन

अनुक्रमणिका

मुक्तक - माँ

अद्भुत स्नेह वात्सल्य है तेरा
तनमन यह कर्जदार है मेरा
है परिभाषा गर स्वर्ग की कोई
तो तेरा आँचल स्वर्ग का बसेरा।

वो है ममतामयी स्वरूप
उसका नहीं कोई प्रतिरूप
दुःख सह के सुख जो देती
पावन पावस माँ का रुप।

हसरतों की बारिश में
खुशबूओं का बिखरना
दिल के झरोखे में जैसे
किसी की याद का भरना।

कुछ टूटा ही रहा, जो जुड़ नहीं पाया
हवा के थपेड़े वोह सह नहीं पाया
रह गया इक दर्द अनकहा सा यूँ ही
जो कह न पाया कोई सुन नहीं पाया।।

एहसास

सूखी जमीन पर बरसी
जो बारिश की बूँदें
भीग गया धरा का
तन और मन
एहसास उस पल का
जाने सिर्फ जमीं का मन।

सौंधी सौंधी खुशबू से
हो आत्मविभोर
धरती लेती अंगड़ाईयाँ
कितना इंतज़ार किया था
कितनी ही प्राथनाएं
बस जानता केवल
धरा का अंतर्मन।

धरा और बूँदों का मिलन
हो रहा जैसे दो बिछड़े
हुओं का पुनर्मिलन
आज तो मेघों ने भी
कोई कमी न की
पूर्ण जैसे धरा की हर
इच्छा ही कर दी।

दो आँखें

शून्य में ताकती
गगन को दो आँखें
झाँकती रहती है
खिड़की की जाली से
कई बार देखा है
लगा कुछ कहना चाहती हो
पर कभी हिम्मत नहीं हुई
कि पूछ लूँ जाकर
उजाले में एक चेहरा
कामिनी सा रूप लिए
वेदना झलकती है
कोई तो बेचैनी लिए

अचानक एक दिन
चल दी वो अनंत कि ओर
सुना था कफ़स का पंछी था
पेरो में निशान थे जलने के
पर कोई बता नहीं पाया
कब और कैसे बने थे

लेकिन मैं आज भी ढूँढती हूँ उसे
चाहती हूँ उससे बात करना
आज मुझमे साहस है उससे पूछने का
पर बरसो बीत गए, मेरे जेहन में
रहती है, वो दो आँखें
देखती है बस एकटक

सोचती हूँ, क्या व्यथा होगी
क्या राज़ रहा होगा मौत का
सब रह गया, अनकहा सा
पर अनजाने में ही सही
कुछ तो रिश्ता बन गया था
उसका और मेरा
बिन बोला सा, तड़पती हूँ
बस, ढूँढती रहती हूँ
सदा वो आँखें।

प्रीत

प्रियतम तेरी ये प्रीत बड़ी गहरी है
प्रीत जो लग ही गयी मीत बड़ी गहरी है

तुम निभा लोगे ये बात तुम में देखी है
तेरे इस प्यार कि ये रीत बड़ी गहरी है

अब निगाहों से कुछ काम हम भी लेते है
राज़ इनमे जो छुपे वो जीत बड़ी गहरी है

हर तरफ काँटें चुभने लगे थे जब हमको
प्यार कि तेरे महक मीत बड़ी गहरी है

साँझ देती रही है इम्तिहा मुहब्बत के
तुमसे ये प्रीत मनमीत बड़ी गहरी है।

ताले

जब से परछाईयों ने बोलना सीख लिया
न जाने कितने ही राज़ खुल गए
जो दीवारें कभी हिली भी न थी
उन दीवारों के पैर लग गए
बड़ा अफ़सोस हुआ उनको
जिनके परदे उठने लगे
चंद चेहरों के तो रंग उड़ गए
बड़ा ताज्जुब हुआ उन पर
जिनके मुँह पर ताले रहे
मुँह तकते लोगों पर

डरते क्यों है लोग
आवाज़ उठाने में
सामना हालात का करने में
क्यों आवाज़ नहीं उठती
जब चीथड़े उड़ते है इज़्जत के
जब जरूरत हो
कोई किवाड़ नहीं खुलता

तभी हिम्मत होती है
जलाने की, मारने की
आस पास के दरवाज़े खुले

ऐसी सोच बनाइये
निरीह आँखें दम तोड़े नहीं
ऐसा माहौल बनाइये
जहाँ चीत्कारे सुनती हो
वहाँ ललकार होना चाहिए
समाज में छुपे भेड़ियों का
तिरस्कार होना चाहिए।

सम्मान

ना इसका अपमान करो
नारी का सम्मान करो
है चिंतनीय विषय यह
भोग विलास की वस्तु न कहो
सबसे पवित्र रूप है माँ
ईश्वर से भी ऊँचा है
कष्ट सह भी उफ़ न करे
मात तुम्हें लाखों प्रणाम है

कभी थी कमजोर बेशक
पर अब कमजोर नहीं कहना
हर क्षेत्र में सबसे आगे
सीखी मेहनत से आगे बढ़ना
हर जगह ही बाज़ी मारे है
छूती गगन के चाँद सितारे है
अभावो में पलती है, फिर भी
कंधे से कंधा मिलाकर चलती है
घर परिवार की जिम्मेदारी सारी
अपने ऊपर उठाती है
अपनी खुशियों का दमन कर
परिवार को आगे बढ़ाती है

फिर कुछ मिलता नहीं
पूरा सम्मान कहीं इनको
लब पर कोई शिकायत नहीं
दिन रात रहे खुश करने में सबको
कुछ तो सब ही गौर करो
नारी का सम्मान करो

नारी का सम्मान करो।

एकता

देश में अगर विकास तुम्हें चाहिए
शांति समृद्धि अखंडता का पाठ पढ़ो
कौमी लड़ाई करेगी खोखला
राष्ट्र हित पर ही ध्यान धरो

फूट डालो राज़ करो की नीति
हर कोई तो अपनाता है
ऐसी बातों से दूर रहो
आवाम में शांति का प्रचार करो
साम्प्रदायिक सोच ख़त्म हो
आपस में लड़-लड़ ना मरे
अज्ञानता को दूर करे और
शिक्षित ये जग सारा करे

बढ़े सभी में भाईचारा
राष्ट्र के प्रति प्रेम हो
युवा पीढ़ी आगे आये
अखंड भारत का निर्माण हो।

मान

मेरी वो आन लौटा दो
प्रियवर मान लौटा दो।

अधरों पर सिसकियाँ मेरे
ये लोचन नीर भर बैठे
ढुले दरिया जो गालों पर
ये जीवन को भिगा बैठे
मेरी निष्प्राण देहि में
सजन वो प्राण लौटा दो

मेरी वो आन लौटा दो
प्रियवर मान लौटा दो।

यही सच है कि साजन
तुम बिन श्वास ना आए
हरा डाला जगत ने है
दिखे बस दुःख के ही साये
यही बस इल्तिजा मेरी
मेरा स्वाभिमान लौटा दो।

मेरी वो आन लौटा दो
प्रियवर मान लौटा दो।

है सूनी राह एकाकी
हरेक बंधन है बेमानी
हृदय में है चुभन पीड़ा
ये जीवन कितना अभी बाकी
करो संचार साँसों का
मेरा सम्मान लौटा दो।

मेरी वो आन लौटा दो
प्रियवर मान लौटा दो।

मन

उड़े-उड़े जाए मन
क्यूँ ये इतराए मन
साजन से मिलने को
क्यूँ ये तडपाए मन।

जानता है संभव नहीं
साजन जो पास नहीं
फिर भी धड़के ऐसे
क्यूँ इसको चैन नहीं।

जोगन सी बनती जाऊँ
विरह में जलती जाऊँ
क्यूँ वो पीर समझे न
क्या न मैं सहती जाऊँ।

पायल की झंकारो ने
बरखा की फुहारों ने
आस सी जगाई है
मंद मंद हवाओं ने।

कोई संदेशा आया है
महक साथ में लाया है
दीप फिर जल उठे
इतनी खुशी लाया है।

अच्छाई

किसने, तुमसे कहा
कुछ सुना था तुमने
क्या, कुछ तो कहो
कोई सच या कल्पना
सच, झूठ का लबादा
बुराई, अच्छाई की
परिकल्पना में
अपने भीतर की अच्छाई
भी दफन कर दी

क्या, फिर कुछ कहा तुमने
आखिर, कौन हो?
ओह, तुम तो घबरा गए
कहीं, कुछ शेष है क्या?
कुछ छूट गया है
भीतर ही है, या
फिर, अवशेष हैं

बोलो, कुछ तो बोलो
समर्थ हो तो
सामर्थ्यहीन कैसे

अच्छे हो तो फिर
बने व्यर्थ कैसे
क्यूँ चालों का फैलाव
अंदर तक भराव
नाहक की तृष्णाएं
बस, बस बहुत हुआ
मत सोचो, दिखा दो

हाँ, दिखा दो
तुम्हारे भीतर की
अच्छाई।

माँ

अपने आँचल की तू छाँव दे दे
गले लगाकर अपने बाहों की ओट दे दे
वो बचपन कितना प्यारा था
ना चिंता थी किसी बात की
खूब खाना खेलना, बेहिसाब सोना

ना डाँट, ना डपट, ना बहस, ना झड़प
माँ अपने आँचल की फिर छाँव दे दे
तू कितनी याद आती है
तू कितना मुझे रुलाती है
तेरी वो ही नन्हीं बेटी गैरों के आँगन मे तिस्कृत
शीशे मे अपने ही अक्स को देख कर काँप जाती है
ना खाने की सुध ना कोई हाल लेने वाला,
हर पल की तन्हाई ना कोई प्यार दुलार देने वाला,
अपने ही नज़रों से नज़रे मिलाई नहीं जाती है

माँ आओ ना, अपने आँचल की छाँव दे दो
फिर वही अपनी बाहों का दुलार दे दो।

मेरा देश प्रेम

ऐसा तो सभी कहते है की
“जो, देश से प्यार नहीं करता
उसे जीने का हक नहीं”

प्यार तो सब ही करते है
इसमें तो कोई शक नहीं
कितना-कितना करते होंगे
इसका तो कोई पैमाना नहीं
देशभक्ति कितनी भरी हुई है
ये तो कोई जाना नहीं
देश को प्रणाम करूँ
मिट्टी को सलाम करूँ
मैं भी तो प्यार करती हूँ
नाम इसके पे जीती मरती हूँ

कोई न कोई मुद्दा जब जब
यहाँ गहराता है
बात अगर न मानी जाये
फिर तबाही लाता है
आरक्षण की बात ही ले लो
सबको सीटे मिलती है

पर मेरे बच्चों को पढ़ लिख कर भी
मनमुताबिक विद्या न मिलती है
हर बात को सह जाते है
पीड़ा में ही रह जाते है
क्या करे, किसे सुनाये
देश प्रेम जो हम करते है

तबाही जब जब देश में आती है
जान माल को नुकसान कर जाती है
फिर भी देखो ये सब बाते
देश प्रेम कहलाती है
सबका अपना देश प्रेम
अलग ही विचारधारा है
निर्बल की कोई पूछ नहीं
लाठी का खेल सारा है

नाज़ बहुत है इस पर हमको
लोग यहाँ जो रहते है
कालाबाज़ारी, भ्रष्टाचार करके
अपनी जेबें भरते है
कहीं कोई सुनवाई नहीं,
कहीं कोई न रास्ता है
देश में रहने वालो क लिये
देश प्रेम कितना सस्ता है

यूँ तो यहाँ का हर मंज़र प्यारा
दिखता बड़ा ही न्यारा न्यारा

कलकल करती नदियाँ यहाँ की
महकती सी दिशायें है
बलखाती लताओं संग
ऊँचे-ऊँचे पर्वत है
गंगा जमुना का संगम है
मदमस्त फिजाएं है
अद्भुत बड़ा ही
हिमालय का नज़ारा है
कश्मीर की वादियाँ प्यारी
ऐसा सुन्दर देश हमारा है
पर फिर भी देखो यहाँ
लोगों के मन काले है
कैसे पार पाये इनसे
बड़े ही झोल झाले है
सीधा मारा जाता है
चापलूसों के बोलबाले है
जहाँ भी देखो ज़रा-ज़रा
जगह जगह के पंगे है

दो-दो फुट जगह की खातिर
यहाँ होते खूब दंगे है
आतंकवादियों को देशभक्त
और देशभक्त को
गद्दार बोला जाता है
और मुफ्त में सजा
बेचारा कोई निर्दोष ही पाता है

अपने दिल का सागर
सोच-सोच रोज भरती हूँ
क्या करूँ
देश प्रेम जो करती हूँ
जाने कब दिलों में
दिया कोई टिमटिमायेगा
स्वार्थ अपना छोड़ यहाँ
देश प्रेम दिल में जगायेगा

भगत सिंह, सुभाष
अब नहीं पैदा होंगे
अफज़ल जैसे जाने कितने
हमे यहाँ पर ढोने होंगे
गुमराह होते युवाओं को
सही राह दिखलाना होगा
देश प्रेम यदि है दिल में तो

कुछ न कुछ कर दिखाना होगा
नशा, गुटखा जैसी चीजों पर
पाबन्दी तो लगाना होगा
बच्चों को दे सही शिक्षा
क्रान्ति नई लाना होगा
भ्रष्टाचारियो का कर खात्मा
एक मशाल जलानी होगी
अपना अपना छोड़ जीये परहित में
ऐसी भावना लानी होगी
परहित भावना रख दिल में
फिर विद्रोह जरूरी है
देश में रहे अमन प्रेम
कलम में तलवार जरूरी है
अब और क्या लिखूँ
लिख डाला जो जरूरी है
देश प्रेम भरा है अंदर
ये बताना भी जरूरी है
देश हमारा, हम देश के
यह प्यास जरूरी है
दीवारें न खींचे दिलों में
यह एहसास जरूरी है
बहुत समय गँवाया है
इन बेकार के झगड़ों में

जाति पाति को छोड़ो भाई
कुछ न रखा इन रगड़ो में।
अगर कही कोई चेतना जागे
न्याय सभी को दिला देना
आरक्षण खत्म करवा कर
समान अधिकार दिलवा देना

हिन्दू, मुस्लिम, सिख, इसाई
सभी आपस में प्यार करे
हो जाये गर एकजुट सारे
विफल दुश्मन का वार करे
सभी में हो गर प्रेम भावना
बेटियाँ सबकी ही महफ़ूज़ रहे
खुलेआम होते बलात्कारो पर
अब तो कुछ यहाँ लगाम लगे।
बड़ी लचर नीतियाँ यहाँ की
कैसी ये बिडम्बना है
क्या करूँ, किसे बताऊँ
कितनी अंदर पीड़ा है
करोगे कुछ निस्वार्थ तो
काफिला पीछे बन जायेगा

तेरे नाम का इक सितारा
जग में झिलमिलायेगा

सोचो विचारो क्या करना है
सभी तो गुणी बुद्धिधारी है ।
कलम मेरी क्या-क्या बोले
मेरी तो लाचारी है
देश प्रेम जो कूट-कूट
भरा जो अंदर भारी है
जब तक जीयेंगे कलम
कुछ न कुछ कहती जाएगी
कभी तो जनमानुष में फिर से
मातृभूमि के प्रति
भावना आएगी ।

मिट्टी

राह अपनी ढूँढने को
मिट्टी चल दी राह पर
अंतहीन सफर था उसका
तैयारी खुद ही करनी थी
खोदना किया शुरू जो
गड्ढे ही गड्ढे निकलते गए
ढेरों ढेंले आ गिरे
रोकने को रास्ता
हाथ मलता ही रहा,
जो भी राहों में खड़ा
दूर से चलती दिखी
राख सी उड़ती दिखी
खत्म थी संवेदनाएं
बैठ रूदन कर लिया
गिर पड़ी, फिर उठ खड़ी
अत्यंत कोशिश चलने की
थके पैरों में छाले भरे थे
पर अभिलाषा थी कहीं
चल पड़ी, चीसें दबा
काली स्याह सी रात के पंजे
निपट निर्जन रास्ता
मिट्टी ने चेहरा मला
सपना जो था उड़ने का
क्या था, क्या नहीं
बस एक टुकड़ा जिंदगी

मुँह मोड़े थी निर्लज्ज कहीं
फटी चदरिया का टुकड़ा
बस वो ओढ़े थी खड़ी
फिक्र का धुआँ समेटे
मौत जैसी शांत चित
पर नहीं डर मिट्टी को
धैर्य का पत्थर धरा
सीने में इक श्वास भरकर
प्राण को अधिकार मिला
जीवनी संचार का,
गोद में उठा लिया उसे
गले लगा लिया उसे
वृक्ष बना दिया उसे

फिर हुआ विलिन वो
जाने किस किस चाह में
प्राप्ति की संभावना में
हाथ खाली फिर हुए
रिक्तता आँखों में भरी
साये काले बढ़ गए
शब्द कुछ तो रच गए
आगे बढ़ देखा कहीं
लिपट रही थी मिट्टी बस
राह चलती फिर दिखी
मिट्टी ही मिट्टी बस।

लाडो रानी

बाबा तेरे आँगन की मैं लाडो रानी
बेटी पराया धन रीत है पुरानी
जीवन ये सुखदुःख का सौदा
तुम संग है बाबा प्यार अनोखा
उंगली पकड़ स्कूल ले जाना
प्यार डपट संग कर पाठ पढ़ाना।

जब तुम पायल लाये थे बाबा
छम-छम इतराती थी मैं
इधर उधर फिर डोल-डोल के
आँगन सर पे उठाती थी,
बेफिक्री का जीवन जीना
खाना पीना और बस सोना,
काहे तुमने पराया कर दिया
आँगन से मोहे दूर कर दिया,
क्या-क्या पड़ा न मुझको सहना
हरपल आँखों का जो बहना,
पीर कभी बतला ना पाई
आँसू अपने दिखा ना पाई।

समझ नहीं कुछ पाती,
विचलित सी हो जाती,

कौन सा घर अपना है बाबा
मन में प्रश्न कौंधता बाबा,
कोई उत्तर नहीं मैं पाऊँ
बस चकरी सी चलती जाऊँ
दो-दो घरों में मेरा बसेरा
पर ये तो बता दो मुझको,
कौन सा कोना है यहाँ मेरा।

कहते थे तू लाडो मेरी
ये सब ही है चीजें तेरी
अपना कुछ न देता दिखाई
क्यूँ हुई बाबा मैं तो पराई
हरदम माँ मुझे लड्डू कहती
काश, हमेशा छोटी रहती
कभी न होती मैं सयानी
फिर ना होती यूँ मैं बेगानी,
आँगन के झूले पर रहती
गोदी माँ की न मैं उतरती
रीत न मुझको पड़ती निभानी

बाबा...
तोरे आँगन की मैं लाडो रानी।

क्या है सत्य ?

क्या है सत्य
कुछ समझ नहीं पाई
जो भी मिला
सत्य बोलता ही मिला
अपनी अपनी जुबान
अपने अपने सत्य
सफेदपोशो के सत्य

सत्ताधारियों के सत्य
बेगुनाहों के सत्य
गुनहगारो के सत्य
ईमानदारों के सत्य
बेईमानों के सत्य
धर्म के सत्य
अधर्म के सत्य
साफ सुथरे
उजले सत्य
धुले हुए सत्य
इसका सत्य
उसका सत्य
एक सत्य, अपना भी

लटकता, उधड़ता
परत दर परत
बिगड़ता, बनता
मरता, जीता
खुलता सत्य
अंदर की पिपासा को
बाहर उड़ेलता सत्य
पर सुनता कौन,
कोई भी नहीं
जैब मे पैसा नहीं,
तो कुछ भी नहीं
एक प्रश्न कौंधता
भीतर ही भीतर
आखिर है,
क्या ये सत्य
क्या वो बचपन
जो भीख मांगता है
या वो सच
जो अखबारों में
छपता है
चैनलों पर चलता है
या वो सच जो
असली खबर

के बदले करोड़ों
दिलवाता है
क्या करे
बस सब जगह सत्य
हर कोई डुगडुगी लिए बैठा है
एक सत्य
मुझमे भी विलीन सा
व्यंग्य कसता हुआ
अधीर सा सच
मुँह छुपाता सच
चंद नोटो के नाम
बिकता सत्य
बरसो से चला आ रहा
सच का ज्ञान
फिर भी
पेट की भूख के लिए
बिकता सत्य,
दो रोटी
के लिये बिकता सत्य
दो रोटी के लिये
बिकता सत्य।

ड्रामे

खतरे में है लोकतंत्र,
जो गला फाड़ चिल्लाते हैं
खामखा के लोग सिर्फ
अपना ही बिगुल बजाते हैं
पीढ़ी दर पीढ़ी लूटा जिसने
देश की जनता को
बैठके वो अंदर ही अंदर
खूब मलाई खाते हैं

लूट-लूट के खाते रहे
हरदम जनता का ये माल
ऐसो ने ही कर दिया देश का
बहुत बुरा सा हाल
रोज नए नए टंटे लेकर
करते रहते हैं वबाल
बोरिया बिस्तर उठाके इनका
फेंको इनको बाहर
देश में रहके खाए पीये मौज करे,
वफादार बने ये किसी और के
ये पीर नहीं भारत माता के
ये पीर है सिर्फ जागीर के

स्वच्छता अभियान चलाके
गंदगी को मिल साफ करे
मिटाए मिलकर ऐसो को
जो भारत माँ पे वार करे
चलो चल हाथ से हाथ मिला
इन्हें बाहर का रस्ता दिखाते हैं
चलो पकड़ सब गद्दारों को
दुनिया से ही उठाते हैं।

विश्वास

घोर दुखो की आँधी आये, चाहे बादल काले हो
उसको श्याम बचा लेगें जो कान्हा के मतवाले हो।

बिगड़ी तेरी बन जाएगी सोयी किस्मत जागेगी
श्रद्धा से नसीब जगेंगे पाँव में बेशक छाले हो।

तेरे जीवन का अँधियारा दूर करेगें कान्हा जी
रास्ता नया मिल जाएगा आगे कितने जाले हो।

भरोसा रख निज कर्मों पर और संवार ले खुद को
फर्श से अर्श मिलेगा जब कान्हा भोले भाले हो।

महिमा खूब अंनत है वर्णन किस विधि किया करे
दासी साँझ बना लिजो श्याम हम तेरे मतवाले हो।

पल

पल-पल हँस के जीयो जिंदगी
जो चला गया उसे कोसो मत
जो आया नहीं उसे सोचो मत
पल-पल जीने का नाम जिंदगी
क्या लाए थे जो छिन गया
जो किस्मत में था वो मिल गया
हर पल को आनंदित कर लो
पल-पल हँस के जीयो जिंदगी
जो कल था वो आज भी है
जो आज है वो कल भी होगा
कोई रोता है, कोई हँसता है
इसी का नाम है जिंदगी
कुछ खो गया, कोई भँवर में डूब गया
कोई मान गया, कोई रूठ गया
रूठे को मनाने का नाम है जिंदगी
इसी का नाम जिंदगी
पल पल हँस के जीयो जिंदगी।

मौन

क्यूँ मौन है क्यूँ सुप्त है
क्यूँ व्यथा से भरपूर है
कब पूछा किसी ने
नारी तेरे अंतर्मन मैं
क्यूँ द्वंद्व विचार उमड़ते

क्यूँ कराह उठती है नारी
कौन सुनता है चीत्कारे
कैसे अपने व्यथित मन से
फिर हर सुबह ही जी उठती है
कितना सनेहशील हृदय है तेरा
कुछ अश्रुबूँदें बहा कर
फिर अपने रास्ते चल पड़ती हूँ।

कसक

बीते पलों की कसक
अब याद आती है
जो मुलाकातें की थी कभी
वो बातें याद आती है
मैं खुशबू थी तेरी
तू मेरा खूबसूरत सा एहसास
मैं खोई रही तेरी बातों मैं
तू रातों का मेरा खवाब
बीते पलों की कसक
अब सब कहते है
कितना बदल गयी हूँ मैं
बिल्कुल चुप सी
खुद ही खुद से बात करती
घंटों तक दीवारे ताकना
बैठे खुद ही से बतियाना
खुद ही खुद से सवाल करती
खुद ही जबाबों के दायरे में

हाँ
कितना बदल गयी हूँ मैं।

आस

एक आस सी है जिंदगी
एक एहसास सी है जिंदगी
मानो तो बावफा है जिंदगी
ना मानो तो दगा है जिंदगी

एक आस सी है जिंदगी
मानो तो दुआ है जिंदगी
ना मानो तो बददुआ है जिंदगी

एक आस सी है जिंदगी
मानो तो प्यार है जिंदगी
ना मानो तो नफ़रत के
काबिल भी नहीं जिंदगी

एक आस सी है जिंदगी
मानो तो शाम की चाय साथ
पीने का मज़ा है जिंदगी
ना मानो तो सिर्फ़ और सिर्फ़
इंतज़ार ही है जिंदगी

एक आस सी है जिंदगी।

परिवार

इक दूजे का जीवन महकाता
अपनों की ख़ुशी में रम जाता
सुख दुःख की जो चिंता करता
वो ही परिवार कहलाता है।

कितने भी गिले शिकवे हो
भूल भाल कर गले लगाता
फिर जैसा हो वैसा हो जाए
वो ही परिवार कहलाता है।

साथ बैठ सब हसते खेलते
एक साथ सब बैठके खाते
घड़ी की सुइयों पर इंतजार करता
वो ही परिवार कहलाता है।

एक दूसरे की पीड़ा को
जो मिल कर समझे बाँटे
गलती होने पर समझाए
वो ही परिवार कहलाता है।

तेरे न होने से

कितनी उदासी है
इक सिर्फ
तेरे न होने से।

हो सके तो
कभी मिल भी जा
कितनी राहत मिलेगी
तेरे आ जाने से।
मान लेती हूँ
वक्त हाथ नहीं
दूर है बहुत
तू मेरे पास नहीं।

पर कभी तो
झूठी आस दे जाना
कभी किसी बहाने से
मेरे पास आ जाना।

कहीं ये दूरी बढ़ न जाए
कहीं मजबूरी अढ़ न जाए
कहीं चुप्पी पसर न जाए
तेरे यूँ चुप हो जाने
कितना बदल गया
इक तेरे न होने से।

तुझे देख लूँ गर

तुझे देख लूँ गर?
इक बार
मेरी इबादत हो जाती है
सौ सौ बार तुझसे मिलने की
मेरी चाहत बढ़ जाती है।

तुझे देख लूँ
आँखों से बहते हैं अश्क
रोक लूँ इनको
ख्यालों-ख्यालों में
सोच लूँ तुमको
तेरे इक पैगाम भर से
मेरी रात संवर जाती है।

तुझे देख लूँ
आबाद है तुमसे
मेरी मुस्कराहटें
रौशन है तेरे दम पर
मेरी चाँदनी रातें
तू बूँद है ओस की
पी लूँ इक बार
मेरी प्यास बुझ जाती है
तुझे देख लूँ इक बार।

गीत

प्रीत अपनी हमें भी सिखा दीजिए
दूरियाँ बढ़ गई है मिटा दीजिए

चाहतो में रही थी कमी क्या बता
यूँ न देखो हमें अब न यूँही सता
अब तो दिल से मिटा फासला दीजिए।

रंग ऐसा चढ़े, चढ़ के उतरे नहीं
खिल के महके कभी ये तो बिखरे नहीं
प्यार का रंग ऐसा चढ़ा दीजिए।

हम लुटाते रहे दिल तुम्हीं पर सनम
आ भी जाओ सनम है ये तुमको कसम
दिल्लगी में न पागल बना दीजिए।

जिंदगी

कारवाँ-ए-जिंदगी है तिश्नगी ही तिश्नगी
पाके खोना, खोके पाना, बस यही है जिंदगी।

आखिरी साँसों में आये याद अपनी जिंदगी
वक्त पर तू काम करले, करले कुछ तू बंदगी।

कोई भी रुकता नहीं मेले के हैं साथी सभी
कोई अपना या बेगाना, दिखते हैं अपने सभी।

जीस्त रोती ही रही फिर भी गुजारा कर लिया
जैसे तैसे कट गया है, बस यही है जिंदगी।

जिंदगी खुद खत्म करके साँझ कुछ मिलता नहीं
खेल है कठपुतलियों का, है खिलौना आदमी।

बादल

बादल छट गए आसमान में
दिखने लग गए सारे तारे
अद्भुत सुंदर दिखते देखो
लगते हैं ये प्यारे प्यारे।

सावन आया बरखा लाया
भीगे मन का कोना कोना
बरस-बरस के भीगे मनवा
तन हो गया सोना सोना
मन में ढेरो फूल खिले हैं
नैना भी दिखते कजरारे।
दिल से दिल के तार जुड़े हैं
पंख लगे हैं भावों को
अंतस मे बसता है कृष्णा
व्याकुल है मन चाहो को
आनंदित हो महके मनवा
हृदय के महके गुल सारे।

अलसाई अखियाँ में सपने
साजन से मिलने के है
अधरो पर कितनी बातें
बस मन के ही अंदर है
रात रात भर जाग जाग के
बाट मैं जोहूँ ओ बलमा रे।

रोटी का टुकड़ा

इक रोटी का वो टुकड़ा
लूट कर भागा था बच्चा
पीछे-पीछे लोग भागे
कैसे बचता वो बेचारा
भूख की बेबसी थी ये
हाय, कैसी बेकसी थी
दो निवालो के लिए भी
कितने टंटे कितने झगड़े
कब तलक वो बचता फिरता
घेर कर लोगों ने पकड़ा
खूब मारा, खूब मारा
मार खा, बेबस चिल्लाया
माँ, मेरी भूखी है ज्यादा
है बहुत बीमार देखो
उसकी खातिर एक रोटी
छीनी थी मैंने साहब
माँ की हालत देख
लोगों को यकीन हुआ
उस बच्चे की कहानी पर
निढाल, बेहाल एक
बुढ़िया पड़ी थी बेसुध

सड़क के किनारे पर
देख तमाशा फुर्र हो गए
छोड़ माँ बच्चे के सहारे पर
बेबसी की बस कहानी
भूख से तड़पे यहाँ जिंदगानी
जब तक ऐसे हालात देश में
क्या देश विकसित कहलाएगा?
कब तक बोलो, यहाँ से गरीबी
लाचारी का अंत हो पाएगा?

आतंकवाद

आतंकवाद ने तोड़ दिया था
सपनों का संसार
जगह-जगह पर लग गया था
लाशों का बाजार
नन्हें मुन्नों की चीखें थी
और गहराया मातम था
नई नवेली दुल्हन का भी
छिन गया श्रृंगार
कितने टुकड़े बिखरे थे
जिनका कोई हिसाब न था
किस किस का घर उजड़ा है
किसी के पास जबाब न था
छिन्न-भिन्न अंगो से ही
भर गया था वो बाजार
बम विस्फोट करके आंतक
क्यों करके फैलाया है
ईर्ष्या द्वेष में फँसकर
सुंदर धरा को नरक बनाया है
आतंकवादी भेज यहाँ पर
खेले घटिया व्यापार
ऐसे पापियों का दमन करो
ऐ मात भवानी आकर तुम

संहार सभी का कर डालो
अपना त्रिशूल चलाकर तुम
प्यार मोहब्बत पनपे जग में
उत्तम हो सबके विचार
हिम्मत, जोश, तरक्की संग
फैले सदाचार।

जीवन तेरी यही कहानी

जीवन तेरी यही कहानी
कभी है रुकना कभी रवानी
रुकती चलती, चलती रुकती
रेल जिंदगी आनी जानी

जीवन तेरी यही कहानी
प्यार के तुम डिब्बे बना लो
इक इक कर इसको सजा लो
इन डिब्बों में भरो जिंदगी
करो सफर फिर तुम सुहानी

जीवन तेरी यही कहानी
सीटी मारे शोर मचाए
हर स्टेशन पे रुकती जाए
गठरी लेकर अब प्राणी तू
चल दे अपने धाम नूरानी

जीवन तेरी यही कहानी
इक दिन सबको जाना है
वक्त सभी का आना है
कोई आगे कोई पीछे
हरेक छोड़ चले जिंदगानी
जीवन तेरी यही कहानी।

सजन लौट आओ

सजन तुम लौट आ जाओ
नयन तुमको पुकारें है

ये फैली तम की अँधियारी
फिरी कालिख बड़ी भारी
तुम आके इस अंधियारे में
इक दीपक जला जाओ
सजन तुम लौट आ जाओ

व्यथित सी हूँ बैरागिन
मैं शापित हो गई तुम बिन
करो उद्धार अहिल्या सा
तुम्हीं बन राम आ जाओ
सजन तुम लौट आ जाओ

उठे हैं टीस दिल में यूँ
बने परदेसी तुम हो क्यूँ
मेरी इस निष्प्राण देहि में
तुम्हीं अब प्राण भर जाओ
सजन तुम लौट आ जाओ

सपन अब सज नहीं पाते
ये नैनों में ही रह जाते
ये अंतर्मन की पीड़ा को
तुम्हीं अब तो मिटा जाओ
सजन तुम लौट आ जाओ

सभी रंग तुम बिना साजन
सफेदी ओढे बैठे हैं
तुम्हीं रंगों को ले आओ
जहां रंगीन बना जाओ
सजन तुम लौट आ जाओ।

वन्देमातरम

देश की ऊँची शान रहे, जय हिंद गान हम गाते हैं
वन्देमातरम वन्देमातरम नारा खूब लगाते हैं।
बैठे अजगर कुछ जिन्होंने देश खोखला कर दिया
लाचारी भ्रष्टाचार फैला सदियों तक राज किया।

प्रयासरत हो भारत में गरीबी को दूर करना है
एकता अंखडता का पाठ जनमानस में भरना है।
सतर बरसों से फैली बिष बेल को अब मिटाया है
धारा 370 हटाकर भारत में उल्लास सा छाया है।

भारत का सिरमौर कश्मीर मे अब उजाला आएगा
हर क्षेत्र में उन्नति कर जन्नत में सवेरा छाएगा।
काश्मीर की धरा पर अब रौनक खूब ही आएगी
झेलम, चनाव, रावी भी अब खूब खिलखिलाएगीं।

आशाओ के दीप जलाकर देते मोदी जी को बधाई है
धारा जिसने हटाकर काश्मीर की कालिख मिटाई है।
जन्नत की धरती को बरसो बर्बाद जिन्होंने था किया
उनको बेदखल करके लोगों में अब आशा नई जगाई है।

अलगाववाद फैलाने वालों की अब भारत में खैर नहीं
जेलों में ठूंसो या दो देश निकाला, कश्मीर किसी की जागीर नहीं
क्लेम द्वेष की काली छाया का धरा से अब तो अंत करो
सद्भावना, भाईचारा दिल में रख मातृभूमि का सम्मान करो।

नहीं भूलो रे

नहीं तू भूल रे मानुस
ये मिट्टी का है तन प्यारे
लगा ईश्वर की भक्ति में
यहाँ अपना तू मन प्यारे
कहीं कुछ भी नहीं अपना
ये तन भी है बेगाना सा
तो फिर किस बात का मोह है
करे क्यूँ कर जतन प्यारे
नहीं भूलो रे

तू क्यूँ कर भूल जाता है
करे छल कपट जो दुनिया में
हिले पत्ता भी रब मर्जी
चलाता दुनिया को वो ही
ये धरती भी उसी की है
उसी का है गगन प्यारे
नहीं भूलो रे
उसी ने बुद्धि दी तुझको
उसी ने बख्शा बल तुझको
न भाग्य के भरोसे रह
मिली ताकत भी है तुझको
समय के साथ चलना तू
गंवाना न इक क्षण प्यारे
नहीं भूलो रे।

सस्ता मानव महँगी शान

सस्ता मानव महँगी शान
देखो रे कैसा इंसान

भटक रहा लालच की खातिर,
जेहन बन गया इसका शातिर
बेच दिया इसने ईमान
सस्ता मानव महँगी शान

अरमानी के सूट पहनता
औडी में है ये तो बैठता
आगे पीछे नौकर चाकर
फिर भी पाए ना आराम

देखो रे कैसा इंसान
रिश्ते नाते दूर भगाए
मोबाइल से नाते बढ़ाए
खराब हो रहे इसके कान
सस्ता मानव महँगी शान।

होली

रंगो से सरोबार है
ये होली का त्यौहार है
समेटे अपने अंदर
हर तरह के रंग
चहुँओर उड़ता गुलाल
करता चेहरे लाल लाल
रंग भरी पिचकारियाँ
रंगे भरी बाल्टियाँ
दिखे लाल गुलाबी हरे
चेहरे दिखे पुते पुते
आँखों में शरारत
हो जाए हर कोई मदमस्त
कहीं हो प्यार का रंग
कहीं हो दुलार का रंग
रंग लगाओ मेल जोल का
रंग लगाओ एहसास का
हर रिश्ते को मजबूत करता
रिश्तों में भी प्यार भरता
चढ़े ऐसा की, फ़िर न उतरे
फिजाओं में बस रंग ही बिखरे
बाँटे जो प्यार ही प्यार
ऐसा होली का त्यौहार

रूठो को मना ले
होली ऐसे मना ले
वो दही वड़े का स्वाद
गुझिया की महक
भांग के पकोड़े है भाई
बादाम की ठंडी ठंडाई
डट कर खाना और खिलाना
फिर एक दूजे को रंग लगाना
देखो मदमस्तो की टोली आयी
बाहर से आवाज़ लगाई
सारे रलमिल नाचे गाए
एक दूजे को गले लगाए

होली मुबारक
होली मुबारक
ये नाद फिज़ा में गूँज जाए।

दीपावली

दीपों का संगम
दीपावली

जी तो बहुत चाहता है मेरा
मैं भी जगमग कर दूँ घर को
खूब घर आँगन में दिये लगा दूँ
पर, क्या?
दीपावली के यही मायने है
मिठाई, पूजा, दीये, पटाखे
देखती हूँ पटरी पर
छोटे-छोटे बच्चों को
दीये बेचते हुए
मन व्यथित हो जाता है
पूछती हूँ, उन्हें
कि कब तक?
यहाँ पटरी पर बैठे रहोगे
क्या तुम दीवाली नहीं मनाओगे?
बच्चे तो कुछ नहीं बोले
शायद, उन्हें समझ ही नहीं आया
कि कोई त्यौहार है, उन्हें तो बस
कुछ अच्छा खाने को मिलेगा
यही उम्मीद है
इतने में उनकी माँ बोली
यही दीवाली है, दीये बिकेगें तो
रोटी पकेगी

दीये बिकेगें तो, कुछ दिन
रोटी मिल जाएगी
पूरे साल भर में यही समय है
न बिके, फाके, गरीब के बच्चे हैं
बीबी
आजकल बिजली वाले दीयो ने
धंधा चौपट कर दिया
लोग मिट्टी के दीये लेना
भूल गए
मन पीड़ा से भर गया
काश, देश में इन लोगों की
तरफ भी ध्यान जाए
बाहरी सामान त्याग
अपने देश का
सामान खरीदे
ताकि, किसी के
मरने की नौबत न आए

काश, सभी को
दीपावली का अर्थ
समझ आ जाए।

कब जागेंगे

जेनयू में नारों पर
चुप बैठे सत्तालाल
सरेआम लग रहे नारे
भारत मुर्दाबाद
ऐसे ही लोगों ने किया
देश मेरा बर्बाद
उठो, जागो देश के युवाओं
करो नेस्तनाबूद
क्या तुम में वो जोश नहीं
जो याद दिलाए
छठी का दूध
पढ़ना लिखना छोड़
देश द्रोह की बातें करते हैं
आक्रोश की गंदी राजनीति
जनमानुष में भरते हैं
अराजकता, असंतोष
फैलाकर जेबे अपनी
भरते हैं
ओछी-ओछी बातों से
दंगा फसाद करते हैं
खत्म अगर न किया समय पर
इक के सौ हो जाएगें
फन फैलाए खड़े हुए हैं
नाग हजारों डस लेगें।

झुंड

भाई
हास्पिटल का वो कमरा
वातानुकूलित है
मेरे पिताजी बेड पर
इंजेक्शन के नशे में
साथ वाला बेड
पहले तो खाली था
फिर
अचानक भड़भड़ कर
दरवाजा खुला
झुंड का झुंड
दरवाजे को धक्का दे
अंदर की ओर घुस चला
जैसे कोई पिंजरे से छूटे हो
वो लोग ऐसे घुसे अंदर
के हिले धरती अंबर
पिताजी का बेड भी हिल गया
जो दर्द नशे में था
वो फिर खिल गया
उधर वो झुंड
दो बेड वाला कमरा
और टोटल बारह लोग कमरे में
मैंने और मेरे भाई ने
इक दूजे को देखा

उनके पेशेंट के पैर में
कुछ चोट लगी थी
उसके साथ आठ लोग
उसे बेड पर बिठाते ही
चार औरतें आई बिना रोग
फिर शुरू हो गई
उनकी चिलमचिली
देखी न हो जैसे कभी दिल्ली
हास्पिटल का कमरा
बन गया अजायबघर
हो गए हम तो पसीने से
तरबतर
हम तकते रहे निरीह नजरों से
धीरे-धीरे शोर बढ़ता गया
पारा मेरा भी चढ़ता गया
आखिर
मुझसे रहा न गया
मैं बोली, "कित से आए छुट कै"
वे बोले, "तन्ने के परोबलम सैं"
कमरा आधा महारा सैं
मैं बोली ईश्वर फिर तो तेरा ही
सहारा सैं
रिसेप्शनिस्ट आकर
जो उन्हें धमकाया
तब जाकर उनको
कुछ समझ आया।

चुभे काँटें

मन मे चुभे काँटें
अंतस की पीड़ा
दूर-दूर तक जख्मी दिल
लथपथ खून से
अपनी लाश ढोता
चीखता मन
रोता पल पल
अंतर्मन
किसे कहते, चुभे काँटें
तंज सहे, अश्रु बहे
अनगिनत
कोई गिनती नहीं
कैसी होगी पीर
इक इक दिन
इक इक पल
कोई गिन सकेगा भला
विरक्त मन, छोड़े दुनिया
चुभे काँटें
पहचान बढ़ी, कुछ आस जगी
कलम हाथ, लिखने की लगन लगी
पर, हाय, विडंबना

रास भला कैसे आएगा
कफ़स का पंछी
दुनिया में कैसे जाएगा
कर न सका शिकारी कुछ जब
तार-तार दामन कर डाला
झूठे इल्जाम लगाकर
रुतबा दागदार कर डाला
बेतहाशा चीखें
कोई समझ न पाया
हर नारी के हिस्से में
यही सब तो आया
रूदन, हृदय का
कोई देख न पाया
हाय, अभागी
तेरी किस्मत
कोई और क्या लूटेगा
तेरे अपनों ने लूट खाया
घायल मन, चुभे काँटें
सदिया बीती, युग बीते
पर, कुछ बदल न पाया
दुनिया देखे कुछ और
होता है मगर, कुछ और
अंदर किसके क्या है समाया
कौन भला है जान पाया

बाहर, नारी पक्ष में देते दुहाई
अंदर घर की नार पराई
बाहर अच्छे बनके दिखाते
अंदर घर में करते पिटाई
लीला, इनकी समझ न आई
बेबस, नारी कितनी सताई
बेबस मन, चुभे काँटें
क्या लगता है, क्यूँ सहती है
पढ़ी लिखी, फिर भी रोती है
अंदर कितने संमदर समेटे
घर में फिर भी
प्यार बिखेरे
ममतामयी स्वरूप है नारी
सहनशील गुणों से
भरपूर है नारी
अथाह विशाल
हृदय में प्रेम
रखती न कोई
मन में द्वेष
जिस दिन बेबस
मन जागेगा
उस दिन कोई
काँटा न बचेगा।

भारत माँ

जैसे घात लगाई दुश्मन ने
वैसे ही तुम घात करो
जैसे कोई तुमको मारो
तुम भी तो पलटवार करो
कितने बेटे माँ ने खोए
कितनी माँगे उजड़ी है
तड़प-तड़प कर रोती रूहें
भारत माँ भी रोती है
कलम उठाकर क्या लिखूँ
हाथ हमारे काँपे है
नाग हजारों पाले हुए हैं
जो छाती पे नाचे है
हम बैठे हैं घर मे अपने
लेकिन सैनिक बॉर्डर पर
गर्मी सर्दी सब सहता
वो तो अपने आर्डर पर
गीदड़ है वो सारे जो
पीछे से वार करे
गर सेना दहाड़ेगी
तो छुपेगें सारे
आतंकवाद खत्म हो जाए
कोई तो राह निकालो अब
प्यार से कोई न माने तो
नक्शे से ही हटा दो अब।

संगीता गोयल

चाँदनी रात

अनुपम छटा
मनभावन चाँदनी
बिखरती हुई
अद्भुत श्रृंगार
धरा ने किया
प्रकृति का नजारा
दूधिया सा समां
पूरा चाँद महसूस करती हूँ

तुम्हें, तुम्हारा प्यार
चाँद में निहारती
हूँ तुम्हें
पूछती हूँ उस से
क्यूँ निष्ठुर हुए तुम
कभी याद नहीं
आई तुम्हें
वो बातें
तुम पास
तुम्हारा एहसास
कैसी कच्ची डोर से
बँधा था
टूटना तो था ही।

भौंरा

भौंरा काहे जिया मचलाए
काहे भिन्न भिन्न शोर मचाए

एक फूल से दूजे फूल पर
तू मंडराता जाए
हर कली पर नजर है तेरी
फिर क्यूँ ना इतराए
भौंरा काहे जिया मचलाए

छेड़ के सारी कलियों को
खलबली तू मचवाये
डाल डाल पर पात पात पर
गुनगुन करता जाए
भौंरा काहे जिया मचलाए

बूझ सका न आज तलक कोई
पुष्पों को क्या तू राग सुनाए
उपवन की कलियों का क्यूँ
तू ऐसे चैन चुराए
भौंरा काहे तू मंडराए।

पायल

न होश अपनी रूह का
न साँसों में गर्मियाँ रहीं

इक-इक बात याद है
जो तुमसे कभी कही
आज भी चौखट पर
दीया शाम से
पहले लगाती हूँ
अन्तस मनोभाव से
तुम्हें बुलाती हूँ
कुछ तो कहो
कब आओगे
बिन बादल कब
बरस जाओगे
कुछ तो कहो
अब ना चूड़ियों
ना पायलों की
झंकार सुनाई देती है
बस हर ओर
तेरी तस्वीर
दिखाई देती है

वो पायल जो
तुमने दिलाई थी
उतार दी मैंने
जब आओगे तो पहनूँगी
इसलिए संभाल दी मैंने
गर रूठी हूँ तो
मना लो मुझको
तुम्हारी हूँ सिर्फ
अपना लो मुझको
तुम रूठोगे तो मैं
मना लूँगी
बाहों के हार
तुम्हें पहना दूँगी।

निश्चल प्रेम

संमदर सा विशाल हृदय
लगा तुम्हारा
सागरीय लहरों सा
निश्चल मन मेरा
चाहता था सिमटना,
तुम में ही तो
पर कहाँ शांत कर पाया
क्षुधा ये जल भी
व्यथित मन की
हर बात तट पर आकर
टकराकर पड़ा लौटना
वेदना को कहाँ जाना किसी ने
इस आवाजाही में
यूँही पड़ा भटकना
चाहता है तन भी
बस जाये किसी सुदुर प्रांत में
जहाँ मैं और मेरा निस्वार्थ प्रेम
सिर्फ एहसास हो
पर कहाँ मुमकिन
इन विचारो के झंझावत में
आते है फिर विलीन अनंत में

साँसों के बंधन ढोने पड़ेंगे संग में
कहाँ समझ पाया कोई
राधा की तड़प
अपने कान्हा को मिलने की
निश्चल पीड़ा प्रेम दिवानी की,
यथार्थ में
कल्पनायें ही कल्पनाएं

कोरी-कोरी कल्पनाएं...

संगीता गोयल

कविता

फिर नींद उड़ गई
ये सोच कर
कि चला जाएगा
फिर मुझे छोड़ कर
आखिर जाना ही पड़ा
जंगे मैदान में
धरती माँ ने पुकारा जो था
कह कर गया था
जल्द ही छुट्टी लेकर आऊँगा
पूरे दो महीने की
इंतजार ही करती रहती हूँ
कि कब आओगे
पर
पर, वो लाया है खुद को
तिरंगे में लपेट कर।

विरह

नैनन में तुम बसे हो ऐसे
मेरे कृष्ण कन्हाई
विरह में तुमरी रो रो के
मैं अपनी सुध बिसराई
क्यूँ प्रीत जगाई
मन में तुमने
क्यूँ अग्न लगाई
तन में तुमने
दरसन माँग रही हूँ तेरा
अँखियाँ भर भर आई
ओ मेरे कृष्ण कन्हाई
अब तो अपना
दरस दिखा दो
इस विरहन की
पीर मिटा दो
मेरी तुम सुध ले लो
कान्हा
क्या, तुमको देता
नहीं सुनाई
ओ मेरे कृष्ण कन्हाई
नैनन में तुम बसे हो ऐसे
मेरे कृष्ण कन्हाई

सावन बीता
भादो बीता
आई सरद रातें
तुम बिन सारी
रह गई ऐसे
कितनी अपनी
ये बातें
सूने पड़े इस
जीवन में कान्हा
लगन तेरी ही लगाई
ओ मेरे कृष्ण कन्हाई
नैनन में तुम बसे हो ऐसे
मेरे कृष्ण कन्हाई
विरह में तुमरी रो रो के
मैं अपनी सुध बिसराई।

ग़ज़ल-1

सजदे में जो रहा वही इंसान हो गया
दौलत खुदा की मिल गई सुल्तान हो गया।

हमने वफा की राह में निभाई हर कसम
बनके रहा वो गैर सा अंजान हो गया।

डर के यूँ जिंदगी से हम हार क्यूँ गये
झुलसा हुआ हरेक अब अरमान हो गया।

कोई बता रहा है मुहब्बत की दांस्ता
लुटपिट के मजनूँ वो तो परेशान हो गया।

सिसके हुए से साँझ ये लम्हात क्या करे
माहौल हर तरफ का ही वीरान हो गया।

ग़ज़ल-2

मुहब्बत में कैसी यहाँ बेबसी है
ओ तंगदिल सनम बेवफाई तिरी है।

किया दुश्मनों ने यहाँ जुल्म देखो
हरेक आँख अश्कों से सबकी भरी है।

जो भेजे शहीदों की लाशें बिछाकर
सियासत की आँखों पे पट्टी बँधी है।

कलम मे है ताकत ये सब से सुना है
मगर अब कलम बस करे चाकरी है।

नहीं साँझ दिल ये नहीं लग रहा है
यूँ बेबस लगे सब तरफ आदमी है।

ग़ज़ल-3

कली पर ये मंडराये भँवरे का साया
यूँ बैठा तके जाल उसने बिछाया।

कहीं जीत है तो कहीं हार होगी
ये जीवन का रेला यूँ रब ने चलाया।

चलो फिर बने अजनबी, अजनबी से
मिले फिर गले हरेक शिकवा मिटाया।

कसम तोड़ दी जो निभाने से पहले
यूँ गैरो सा बनके जहां को बताया।

हुई मौत काँधे पे जाना पड़ेगा
कहाँ जिंदगी साँझ लिखवा के लाया।

ग़ज़ल-4

चले आओ के दिल भी है लगा तुमको बुलाने में
जुबां से कह नहीं सकते शर्म आये बताने में।

नहीं दिल की वो धड़कन में नहीं साया बना मेरा
रुला कर चल दिया हरजाई हमको इस जमाने में।

अगर आजाद होना है करो तुम ही जतन कुछ तो
नहीं कुछ भी नहीं है अब यहाँ इस कैदखाने में।

कभी अपना सा लगता है बेगाना भी लगे हमको
मिले क्या तुझको ओ यारा यहाँ मुझको सताने में।

सहारा दे नहीं सकते तो बाते भी बनाओ मत
नहीं कुछ भी यहाँ पर साँझ अब बातें बनाने में।

ग़ज़ल-5

याद आया ही नहीं तुझको वो वादा देखो
तुझसे मिलने को ये दिल कैसे तड़पता देखो।

कौन अपना है यहाँ कौन पराया देखो
साथ देने को चले साथ भी साया देखो।

ख्वाहिशों में वो रहा था, मगर था सपना
आज ख्वाबों में लगे कोई तो आया देखो।

चाहती हूँ के गुजर जाए ये घड़ियां यूँ ही
जिंदगी में नहीं हो पल कोई ज़ाया देखो।

शाम से रात यहाँ रात से सुबह होगी
साँझ कुदरत की है ये सारी माया देखो।

ग़ज़ल-6

लोग जो अनमने से रहते हैं
बिनकहे भी कहे से रहते हैं।

रोज़ चोरी डकैती की खबरें
लोग इनसे डरे से रहते हैं।

पास आओ के कुछ मुहब्बत हो
क्यूँ यहाँ फासले से रहते हैं।

नींद आँखों से दूर जाती रही
याद में उनकी जगे से रहते हैं।

साँझ दुनिया से है मुहब्बत हमें
संग जो काफिले से रहते हैं।

ग़ज़ल-7

जख्म दिल के अंदर का गहरा बहुत है
मगर अब हमे ये तो भाता बहुत है।

करे फिक्र क्यूँ हम यहाँ जिंदगी की
खुदा सब्र हमको तो देता बहुत है।

सियासत के मसले तो मसले रहेगें
ये कानून अंधा औ' बहरा बहरा बहुत है।

लिखी है जो तहरीर दिल पे हमारे
यूँ बरबादियों से भी नाता बहुत है।

अमीरो की थाली में पकवान सौ सौ
गरीबों को दो ही निवाला बहुत है।

न सपनो में आना न दिल में समाना
लगा है जो नींदो पे पहरा बहुत है।

तजुर्बा सिखाये बहुत साँझ हमको
यूँ अपनों में गैरो का मेला बहुत है।

ग़ज़ल-8

नजर से तीर जो खाया हुआ है
उसी जानिब ये दिल आया हुआ है।

भुलाने की जिसे कोशिश करी थी
उसी का अक्स क्यूँ छाया हुआ है।

ख्यालों में रहे उसके सदा हम
उसी को ज़ेहन में बिठाया हुआ है।

अकेले चल दिया जाने कहाँ अब
जमाने से ये उकताया हुआ है।

ये दुनिया साँझ अपनी ही खुदी में
हरेक बंदा ये बौराया हुआ है।

ग़ज़ल-9

ये पल्लू जो सरकता जा रहा है
हमें गुमराह करता जा रहा है।

ये खम जुल्फों का कुछ तो संभालो
किसी का दिल उछलता जा रहा है।

तुम्हारे इश्क की बिजली गिरी है
सुकूं अपना ही छिनता जा रहा है।

बहुत खोया है हमने जिंदगी में
ये दिल बस दर्द सहता जा रहा है।

गरीबी साँझ ये बेहाल साँसे
तड़प के दम निकलता जा रहा है।

ग़ज़ल-10

ये टूटे दिल को जो सदमा हुआ है
ख्याले यार में डूबा हुआ है।

न जाने हाल क्यूँ अपना हुआ है
बहारों में जो दिल उजड़ा हुआ है।

तेरे हाथों में सौंपी जिंदगी थी
मेरे संग क्यूँ फिर धोखा हुआ है।

अकेले दिल बहलता ही नहीं है
दिवाना जब से ये तेरा हुआ है।

बता दे साँझ को अब क्या करे हम
ये नाता तुमसे जो जोड़ा हुआ है।

ग़ज़ल-11

राख़ के ढेर को फूँकों से उड़ाया न करो
भूली यादों से कभी दिल को सताया न करो।

रोशनी होती रहेगी हमारे नगमों से
तुम बिना बात यहाँ दिल को जलाया न करो।

रश्क करती है ये दुनिया हमारी उल्फत पर
तुम सरेआम तमाशा यूँ बनाया न करो।

दिल में रहने का किराया तो नहीं देना है
तुम भी इस दिल का कभी मोल लगाया न करो।

कुछ तो अब साँझ भी उम्मीद-ए-वफ़ा रखती है
बेवफ़ा बनके कभी उसको सताया न करो।

ग़ज़ल-12

तू रहे सामने बन मेरी आरजू
दिल तो करता रहा तेरी ही जुस्तजू।

करके दीवानगी क्या बताये मुझे
होश करके जरा हो मेरे रूबरू।

कर रही हूँ इबादत सदा ही तेरी
दिख रहा है मुझे हर तरफ तू ही तू।

तू ही है प्यार मेरा तु है जिंदगी
बिन तेरे है नहीं कोई भी आरजू।

साँझ कैसे जिएगी बिना अब तेरे
है नहीं कोई तुझसा यहाँ हूबहू।

ग़ज़ल-13

जिंदगी में मेरी आया है वो खुशबू बनकर
वो रहे दिल में मेरे, मेरा जानू बनकर।

कर ले एहसास कभी तू भी मेरी उल्फत का
लौट आओ मिरी जानिब मेरे मजनूँ बनकर।

आह निकली ही नहीं जब भी लबों से मेरे
फिर लहू बरसा मेरी आँखों से आँसू बनकर।

अब तो बुझ जाएगी ये प्यास लगी दिल में जो
वो मेरी जिंदगी में आया है खुशबू बनकर।

है नहीं हमको तलब अब किसी मयखाने की
ऐसे साँसों में समाया है वो जादू बनकर।

दिल के मारे है यहाँ साँझ बता जाए कहाँ
मेरी आहों को जरा तौल तराजू बनकर।

ग़ज़ल-14

तेरी आँखों में मुझे नूर नजर आता है
तेरी बातों मैं इक सरूर नजर आता है।

बदलते दौर में कोई सहे किसी की नहीं
जख्म थोड़ा भी नासूर नजर आता है।

दूर मुझसे कभी न जाना ए हमदम मेरे
तेरी चाहत में सब मंजूर नजर आता है।

क्यूँ नहीं आते जब तुमको बुलाते हैं हम
दिल तेरा क्यूँ मगरूर नजर आता है।

बेवफा है तूही जब तूने मुहब्बत छोड़ी
दिल से यूँ खेलना दस्तूर नजर आता है।

ग़ज़ल-15

वादे वफा यूँ अपने निभाया करेंगे हम
तुमसे हमें है प्यार बताया करेगें हम।

इंतजार में बिताई है सारी ये जिंदगी
अब प्यार तेरे नाम ही सारा करेंगे हम।

मंजिल मेरी ही मुझको दिखाएगी रास्ता
हर रास्ते पे देख के जाया करेगें हम।

बनके मेरा उसी ने है लुटा जहान को
कितनी ही मुश्किलों से संभाला करेंगे हम।

हम आपके ही अपने थे फिर बात क्या हुई
गर रूठने लगे तो मनाया करेंगे हम।

अब बुझ न जाए प्यार की ये शमा इस कदर
इन आँधियों में इसको जलाया करेगें हम।

अब साँझ कोई है नहीं अफसोस प्यार में
अपने ही दिल में अब तो उजाला करेंगे हम।

ग़ज़ल-16

आपके बिन तो इक पल भी राहत नहीं
बिन तुम्हारे किसी की जरुरत नहीं।

दिल जो टूटा यहाँ बढ़ गई तिश्नगी
रात कटती नहीं कोई राहत नहीं।

कोई बहला दे दिल को न मंजूर हमें
यार दिलबर बिना कोई चाहत नहीं।

है मुहब्बत तुम्हीं से जहाँ में हमें
दिल ये करता किसी की इबादत नहीं।

चाँद रूठा रहा साँझ छुपा है कहीं
ढूँढ लाओ चलेगी बगावत नहीं।

ग़ज़ल-17

होता नहीं सबर तुझे देखने के बाद
माने नहीं ये दिल तुझे सोचने के बाद।

फूलों से जाके कह दो हमें तंग न करें
लगता नहीं है दिल तेरे रूठने के बाद।

यूँ ही गुजार देंगे तेरे नाम जिंदगी
होगा कभी न प्यार तेरे छोड़ने के बाद।

तुमसे निभाई रस्मे जहां में हमनशीं
तुम भी करो इकरार मेरे बोलने के बाद।

करती नहीं भरोसा यहाँ साँझ किसी पर
जमता नहीं यकीं भी कभी टूटने के बाद।

ग़ज़ल-18

जिंदगी दर्द का ये सौदा है
जल रहा आग में ये लम्हा है।

मौत से मेरा एक वादा है
शान से मरने का इरादा है।

इन चिरागों को जल ही जाने दो
रूह का तेल इसमें डाला है।

गर्द जमने लगी जो चेहरो पर
वक्त तेरा भी कुछ सलीका है।

कैद पिंजरे में साँझ साँसे जो
दिल अकेला बहुत ही तन्हा है।

ग़ज़ल-19

कोई आवाज़ मारता है मुझे
बेसबब ही ये चाहता है मुझे।

उसकी नज़रें तलाश करती हैं
दिल में बैठा के ढूँढता है मुझे।

काम रुकता नहीं किसी के बिना
जाने वाला ये बोलता है मुझे।

है कसम लौट के चले जाना
दर्द रिस रिस के मारता है मुझे।

चल दिए छोड़ के अकेला क्यूँ
साँझ गम ये मारता है मुझे।

ग़ज़ल-20

गीत होठों पे गुनगुनाते हैं
प्यार में दिल जो खिलखिलाते हैं।

उनकी यादों के सिलसिले ज़ारी
भर के दामन हमें रुलाते हैं।

कोई तस्वीर बन नहीं सकती
फ़ूल यादों के जब मुरझाते हैं।

भूल के दूरियाँ बढाई है
बेवफा क्यूँ वो बने जाते हैं।

साँझ तुम बिन नहीं जिया जाता
दूर जाके जो अब सताते हैं।

ग़ज़ल-21

खिल रहा है गुले वफा जैसे
दिल महकते वहाँ सदा जैसे।

मेरी नींदो में तुम नहीं जब से
ख्वाब मेरे है कुछ खफा जैसे।

हाथ की तुम नहीं लकीरों में
जिंदगी लगती है सजा जैसे।

रोक नहीं पाए उसे हम तो
वक्त फिसला के बस हवा जैसे।

साँझ जज्बात सिर्फ उसके लिए
प्यार उनसे ही बस हुआ जैसे।

ग़ज़ल-22

तेरे दिल से मेरे प्यारे
हारे हम तो दिल से हारे।

क्यूँ करता नटखट रुसवाई
दूर भगा दुखड़े ही सारे।

खिलना बागो का हो जैसे
यूँ ही महको संग हमारे।

तेरी जीत में मेरी जीत
लो बाबा हम तो बस हारे।

प्रेम रोग बुरा दुनिया में
इससे ईश्वर हमें बचा रे।

ग़ज़ल-23

प्यार उसका एहसास दिलाने लगा है
जख्म पुराने मुझको दिखलाने लगा है।

बिखर गई थी जो यादें भी यहाँ वहाँ
सोचकर दिल ये अश्क बहाने लगा है।

रहता था दूर कहीं वो जो नजरों से
धीरे-धीरे फिर पास आने लगा है।

वादे कभी सारे तोड़ जो चल दिया
कसमें फिर निभाने की खाने चला है।

क्यूँ लगाता है बार बार निशां दिल पे
बार-बार क्यूँ वो आजमाने लगा है।

महफूज रख सका न जो वफा को अपनी
कीमत हमें वो तो समझाने लगा है।

छोड़ दे तंगदिली अब तो अपनी हमदम
साँझ तमाशा यूँ ही बनाने लगा है।

www.ingramcontent.com/pod-product-compliance
Lightning Source LLC
LaVergne TN
LVHW100557051026
849519LV00003B/991
* 9 7 8 9 3 8 8 3 6 5 7 9 6 *